W9-ATT-501

애니메이션 세계명작동화 **41**

벌거숭이 임금님

교원

옛날, 어느 나라에 멋을 내기 좋아하는
임금님이 있었어요.
임금님은 재단사에게 명령하여
매일 다른 옷을 만들도록 했어요.
날마다 다른 옷을 만들다 보니,
재단사는 더 이상 새로운 모양의 옷을
생각해 낼 수 없게 되었어요.
그런데 고집쟁이 임금님은 마구 화를 냈어요.
"이 옷은 전에 입었던 것과 똑같잖아.
이런 것은 입을 수 없어!"

2

난처해진 신하들은 전국에
방을 내붙였어요.
「임금님의 마음에 드는 옷을
만드는 사람에게 상을 내리겠다.」
방을 읽은 전국의 재단사들은 즉시
솜씨를 발휘하여 멋진 옷을 만들기 시작했어요.
그리하여 임금님이 사는 성문 앞에는,
날마다 솜씨 좋은 재단사들의 줄이
끊이지 않았어요.
재단사들의 손에는 훌륭한 옷들이
들려져 있었습니다.

"임금님, 이것은 중국의 비단옷입니다."

"이것은 이탈리아 옷감으로 만든 것입니다."

임금님은 재단사들이 만든 옷을
하나하나 입어 보았어요.

"뭐야, 어울리는 옷이 하나도 없네!"

아침부터 저녁까지 수백 벌도 넘는 옷을
입어 보았지만, 임금님의 마음에 드는 옷은
하나도 없었습니다.

왜냐 하면, 임금님의 체격이
볼품 없었거든요.

그러던 어느 날, 페르시아에서
두 사람의 재단사가 찾아왔습니다.
  "우리는 세상에서 보기 드문 옷을 만드는
마법의 재단사랍니다."
  "그것 재미있구나. 세상에서 보기 드문
옷이란 어떤 옷이냐?"
  "네, 지금까지 볼 수 없었던 무늬와 모양을
가진, 참으로 아름다운 옷입니다.
    그런데 이 옷은 똑똑한 사람에게만
    보이는 신기한 옷이지요."

"뭐라고? 그럼, 멍청한 사람에게는
보이지 않는단 말인가?"
"네, 그렇습니다."
"허허, 그거 참 재미있겠는걸.
그 옷을 입고 있으면 내 신하 중
누가 똑똑하고 누가 바보인지
당장 알 수 있을 테니까 말이야.
자, 빨리 옷을 만들어라."
　　두 재단사는 임금님으로부터 돈을 받고,
　　즉시 요란한 베틀 소리를 내며
　　옷감을 짜기 시작했어요.

"새 옷은 언제쯤 다 될까? 궁금하구나."

임금님은 옷감 짜는 것을 보고 싶었지만,

또 한편으로는 걱정이 되었어요.

'만약 옷감이 보이지 않으면 어쩌지?

옳지! 정직한 신하한테 보고 오라고 해야지.'

임금님은 신하를 불러 옷감 짜는 것을

보고 오도록 명령했어요.

신하도 임금님하고 똑같은 걱정을 했어요.

'야단났군. 만약 옷감이

보이지 않으면 남들이 나를

바보로 알 텐데.'

12

신하는 조심스럽게 재단사가 일하는 곳을
찾아가 말했어요.
"에헴, 일은 잘 되고 있겠죠?
임금님이 새 옷을 기다리고 계십니다."
재단사는 빙긋이 웃으며 큰소리를 쳤어요.
"잘 되어갑니다. 보세요, 어떻습니까?
색깔과 무늬가 훌륭하죠?"
그러나 신하가 아무리 눈을 크게 뜨고 보아도
실오라기 하나 보이지 않았어요.

"이 옷감으로 옷을 만들면 임금님의
마음에 꼭 드실 겁니다, 나리."

14

신하는 난처했지만 아무렇지 않은 척했어요.

"허허, 정말 아름다운 옷감이군.

말로 다 할 수 없을 정도로 아름다워."

신하는 바보가 되기 싫어, 보이지도 않는

옷감이 보이는 척했어요.

재단사는 능청스럽게 말했어요.

"임금님께 조금만 더 기다리시라고

여쭈어 주십시오.

옷이 완성되는 대로

보여 드리겠습니다."

16

신하는 곧장 임금님에게로 갔습니다.

신하가 돌아오기를 애타게 기다리던
임금님은 신하를 보자마자 물었어요.

"어서 본 대로 말해 보구려."

신하는 보지도 않은 것을 본 것처럼 꾸며
임금님에게 보고했어요.

"임금님, 저는 여태껏 그렇게 아름다운
옷감을 본 적이 없습니다.

틀림없이 임금님 마음에도
드실 것입니다."

18

며칠이 지나자 임금님은 또 옷감 짜는 것이
궁금했습니다.

'만약 옷감이 보이지 않으면 창피하니까,
이번에도 다른 신하에게 보고 오라고 해야지.'
임금님은 다른 정직한 신하를 보냈습니다.
물론, 이 신하에게도 옷감은 보이지 않았어요.
그러나 바보라는 소리를 듣지 않으려고
이 신하도 거짓말을 했어요.
"허허, 참으로 훌륭한 옷감이군.
옷이 다 만들어지는 날이
기다려지는구면."

다른 정직한 신하도 임금님에게
거짓으로 보고를 했어요.
"임금님, 정말 좋으시겠습니다.
저렇게 훌륭한 옷감으로 만든 옷을
입으실 수 있으니까요."
"그 옷감이 보인다고 하니 자네도
역시 훌륭한 사람이야."
신하는 임금님에게 거짓말을
하느라 식은땀이 났습니다.

임금님은 마음이 놓였어요.

임금님은 그 신하가 자기보다 못하다고
생각하고 있었거든요.

'저 녀석에게 옷감이 보인다면 내게 보이지
않을 리가 없지. 이젠 걱정 없어.'

임금님은 기분이 좋아져서 여러 신하를
거느리고 재단사가 일하는 곳으로
옷감을 보러 갔습니다.

먼저, 신하들이 베틀이 있는 방으로
들어갔습니다.

"오늘은 임금님께서 직접 옷감을
보러 오셨소."

"어서 오십시오. 먼저 여러분들부터
이 빛나고 아름다운 옷감을 구경해
보시지요."

신하들은 아무것도 보이지 않았지만,
바보가 되기 싫어 모두 보이는 척했어요.

"오, 참으로 훌륭해. 이렇게 아름다운
옷감은 처음 보는군."

신하들은 임금님께 말했어요.

"정말 훌륭한 옷감입니다, 임금님.

어서 들어가 보십시오."

임금님은 두근거리는 가슴을 안고

안으로 들어갔어요. 그런데…….

'어, 옷감이 어디 있지?

왜 내게는 보이지 않는 걸까?

보이지 않는다고 사실대로 말하면

　　　다들 나를 바보라고 생각하겠지?

　　　할 수 없다. 보이는 척해야지!'

임금님은 허허 웃으며
천연덕스러운 얼굴로 말했어요.
"정말이로구나, 마치 빛이 반짝이는 것
같아. 내 마음에 꼭 드는구나."
신하들도 앞을 다투어 좋은 말만 했습니다.
"저도 빛이 반짝이는 것 같다고 생각했습니다."
"정말 훌륭한 옷감입니다."
그러나 신하들은 마음 속으로는
당황하고 있었어요.
'모두 옷감이 보인다고 하는데,
왜 내 눈에는 보이지 않는 걸까?'

"얼른 짜서 훌륭한 옷을 만들어 주게.
이번 행차 때는 그 옷을 입은 내 모습을
온 나라 백성들에게 보여 주고 싶어."
　　재단사들은 임금님으로부터 상으로
훈장과 돈을 받았습니다.
　　그리고 계속해서 옷감 짜는 시늉을 했어요.
　　밤이 되면 촛불을 켜 놓고 주위를 밝힌 채,
날이 밝을 때까지 빈 베틀을 움직이며
옷감을 짜는 척했어요.

이윽고 날이 밝았습니다.

"드디어 옷감이 완성됐다.

이제 옷을 만들어야지."

두 사람은 재단을 하고 바늘과 실로 옷을

꿰매는 시늉을 했어요. 얼마가 지났어요.

"야, 이제야 옷이 다 완성되었다. 이 정도면

임금님도 틀림없이 기뻐하실 거야."

그 때, 재단사들의 모습을 몰래 엿보는

신하가 있었어요. 그러나 아무리 눈을

부릅뜨고 옷을 보려고 해도

보이지 않는 것이었어요.

신하는 한숨을 푹 쉬었어요.

두 사람의 재단사는 손에 옷을 든 척하며
서둘러 임금님에게로 갔습니다.

"임금님, 이 훌륭한 옷을 찬찬히 보십시오.
이 옷을 입으시면 온 나라 사람이 넋을 잃고
임금님을 우러러볼 것입니다."

"허허, 정말 훌륭한 옷이로다."

임금님은 아무것도 보이지 않았지만,
거짓말을 했어요.

"수고들 했다.

내 마음에 쏙 드는구나."

"자, 임금님, 지금 입고 계시는 옷을
빨리 벗으시고, 이 훌륭한 옷으로
갈아 입으십시오."
임금님은 입고 있던 옷을 벗었어요.
재단사들은 임금님을 부추기며 말했어요.
"자, 임금님, 팔을 꿰십시오."
"참으로 잘 어울리십니다."
　　　　옆에서 자꾸 부추기는 말에
　　　　임금님도 기분이 좋았어요.

"이 옷은 가볍고 부드럽구나.

게다가 아주 시원하고.

자, 너희들에게 상을 내리마."

임금님은 재단사들에게 많은 돈을 주었어요.

그리고 신하들을 불러 물었어요.

"어떠냐? 이 훌륭한 옷이 보이느냐?"

"네, 임금님. 정말 훌륭한 옷입니다."

"아주 잘 어울리십니다."

오늘은 임금님의 옷을, 온 나라 사람들에게
처음으로 보여 주는 날입니다.
임금님은 으리으리한 행렬을 이끌고
아주 만족한 표정으로 행진을 했어요.
"에헴, 내가 입은 옷은 똑똑한 사람만이
볼 수 있는 훌륭한 옷이다.
어떠냐, 보이느냐?"
임금님이 벌거벗고 걷는 모습은

온 나라 백성들에게 아주
우스꽝스럽게 보였어요.
그렇지만 바보란 말을 듣기 싫어
보이는 척하면서 칭찬을 했어요.

그 때, 한 어린이가 뛰어나오더니
큰 소리로 말하였습니다.
    "우아, 벌거숭이 임금님이다.
    임금님, 배꼽을 내놓고 다니면 감기 들어요."
    행렬을 보고 있던 사람들은 더 이상
참지 못하고 웃음을 터뜨리고 말았습니다.
    "이런! 재단사 놈들에게 속았군.
    아이고, 창피해라!"

임금님은 어린이를 데리고
부랴부랴 성으로 돌아왔습니다.

"아이고, 불쌍해라.

이제 저 아이는 벌을 받을 거야."

사람들은 수군거렸어요.

뒤이어 어린이의 부모도 성으로 불려갔습니다.

"정직한 네 아들이 어리석은 나를

일깨워 주었다."

임금님은 어린이에게 상을 내리고,

그 뒤부터는 멋도 부리지 않고

좋은 나라를 만드는 데 힘썼습니다.

애니메이션 세계명작동화 **41**

벌거숭이 임금님

발행처 / (주)교원: 서울시 종로구 관철동 258
등록번호: 제2-178호
대표전화: 563-9090, 080-023-9091
발행인 / 장평순
편집 책임 / 박두이
편집 / 배금람, 강주경, 서문용
편집 디자인 / 이상희, 여인희, 최영배
제작 / 문상화, 이준수, 허영주
제판 / 상현프로세스: 서울시 중구 충무로 5가 36-1
인쇄 / 고려서적(주): 서울시 중구 만리동 1가 62
제본 / 태성제책(주): 서울시 금천구 가산동 505-15
1판 1쇄 발행일 / 1990년 11월 30일
2판 1쇄 발행일 / 1999년 2월 25일
2판 7쇄 발행일 / 2000년 4월 10일
지은이 / 안데르센

ISBN 89-21-40860-6
ISBN 89-21-00025-9(전60권)

인터넷 http://www.kyowon.co.kr

잘못된 책은 바꿔 드립니다.
Printed in Korea